徐鸿云 著

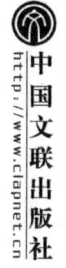

把心举在手上
——徐鸿云诗歌新作65首

中国文联出版社
http://www.clapnet.cn

图书在版编目（CIP）数据

把心举在手上：徐鸿云诗歌新作 65 首 / 徐鸿云著
. -- 北京：中国文联出版社，2020.12
ISBN 978-7-5190-4512-8

Ⅰ．①把… Ⅱ．①徐… Ⅲ．①诗集－中国－当代
Ⅳ．①I227

中国版本图书馆 CIP 数据核字 (2021) 第 010308 号

把心举在手上：徐鸿云诗歌新作 65 首

作　　者：徐鸿云	
终 审 人：姚莲瑞	复 审 人：邓友女
责任编辑：阴奕璇	责任校对：祖国红
装帧设计：肖华珍	责任印制：陈　晨

出版发行：中国文联出版社
地　　址：北京市朝阳区农展馆南里 10 号，100125
电　　话：010-85923075（咨询）85923000（编务）85923020（邮购）
传　　真：010-85923000（总编室），010-85923020（发行部）
网　　址：http://www.clapnet.cn　　http://www.claplus.cn
E－mail：clap@clapnet.cn　　yinyx@clapnet.cn
印　　刷：北京虎彩文化传播有限公司
装　　订：北京虎彩文化传播有限公司

本书如有破损、缺页、装订错误，请与本社联系调换

开　　本：880×1230	1/32
字　　数：12千字	印　张：3
版　　次：2020 年 12 月第 1 版	印　次：2020 年 12 月第 1 次印刷
书　　号：ISBN 978-7-5190-4512-8	
定　　价：36.00 元	

版权所有　翻印必究

作者简介

徐鸿云，男，1961年生于河南省林州市临淇镇，中共党员，在职研究生，河南省作家协会会员。1981年参加工作后历任中国农业银行基层支行行长、安阳市城市信用社主任、安阳市政府副秘书长、安阳市金融工作办公室主任。业余坚持创作，诗歌、散文、杂文、论文、小说都曾发表于省级以上报刊。2008年由河南人民出版社出版诗歌散文集《思想之花》。2016年，现代诗《驴的解放》获第二届"中华情"全国诗歌散文联赛金奖和联赛最佳诗歌奖；2017年，古体诗《檐前杏》获第四届中外诗歌散文邀请赛一等奖；2018年，古体诗《访涡阳老子故里》获第五届中外诗歌散文邀请赛一等奖，《七绝·瓦岗寨遗址》《五律·景阳冈》获第十五届"天籁杯"中华诗词大赛金奖。

作者序

现在的名人，多徒有其名；现在的诗人，多人诗朦胧。所以我的诗集作序，不请名人，不请诗人，而兀自为之。

我的诗，或言志，或抒情，或叙事，表达的都是真性情。我的诗风，虽不见得在哪一方面十足形成，但多少带了点"盛唐气象"。我的诗品，虽不敢妄想成为逸品、神品、妙品，但我亦琢亦磨，力图打磨出的作品都能成为精品。

我的第一本书《思想之花》是王怀让先生作的序。先生说："李白有过'明月直入，无心可猜'的写作体验，徐的文章正是这样的直奔主题、心灵透明的方块字，难能可贵。这使我想到了中国历史上著名的忠臣比干。比干因直言而获罪以后,仍然把自己的心举在手上,向世人昭示自己的忠心赤胆。徐的文章,也有点把心举在手上的意味。这一点并不容易,堂堂正正,光明磊落,有的放矢,直抒胸臆,像李白'黄河之水',像苏轼'大江东去',写人人心中皆有而人人笔下皆无,是为好文章也。"——把自己的心举在手上,先生品评我文章的这句话我深爱之,而且用来品评我这65首诗也特别恰当,所以我便把这本诗集命名为《把心举在手上》。

2019年11月25日

作者（右）的现代诗《驴的解放》荣获第二届"中华情"全国诗歌散文联赛金奖和联赛最佳诗歌奖，图为作者与颁奖嘉宾石祥（中国音乐文学学会副主席）合影。

作者（左）与石英先生（中国诗歌学会理事、人民日报文艺部原副主任）合影。

目录

古体诗 48 首

太行鲁班壑……………………………………………… 2

檐前杏…………………………………………………… 3

访涡阳老子故里………………………………………… 4

怜笼中画眉……………………………………………… 6

戏禽树下………………………………………………… 7

新疆禾木村……………………………………………… 8

西北之北白沙湖………………………………………… 9

四季吟（四首）………………………………………… 10

武侯……………………………………………………… 13

瞻邺城遗址（二首）…………………………………… 14

北漂吟…………………………………………………… 16

清明……………………………………………………… 17

过年……………………………………………………… 18

谒开封包公祠（新韵）……………………………… 20
怒发（二首）………………………………………… 21
读《三国演义》孔明草堂吟起兴而唱和…………… 22
太行桃花谷…………………………………………… 23
齐街香椿（新韵）…………………………………… 24
市长暑日下乡扶贫…………………………………… 25
村居…………………………………………………… 26
晚秋登壶关通天峡（新韵）………………………… 28
霾中吟………………………………………………… 29
大圣归山……………………………………………… 30
贺学长建林致仕……………………………………… 31
同学来聚……………………………………………… 32
进比干庙……………………………………………… 33
兰考焦裕禄…………………………………………… 34
市长走访脱贫户……………………………………… 35
林州市五龙乡赏春感赋……………………………… 36
过山西皇城相府（新韵）…………………………… 37
风筝…………………………………………………… 38
晨游（新韵）………………………………………… 40
洹上六国会盟处怀古（二首）……………………… 41
美洲尼亚加拉大瀑布………………………………… 42
早起安阳……………………………………………… 43

目 录

秦皇岛看日出（新韵）……………………………… 44
凭吊鸭绿江断桥……………………………………… 45
国庆阅兵喜见"东风41"…………………………… 46
洪洞大槐树…………………………………………… 47
丰收柿子（新韵）…………………………………… 48
游菊园………………………………………………… 50
乐天伦………………………………………………… 52

杂言诗 3 首

题圆明园遗址………………………………………… 56
题赠解放军…………………………………………… 58
中国女排里约奥运会夺冠…………………………… 59

格律诗 6 首

五律·上景阳冈（新韵）…………………………… 62
七绝·紫禁城………………………………………… 63
七绝·瓦岗寨旧址…………………………………… 64
七绝·漫步城中草场（新韵）……………………… 65
七绝·屠呦呦（新韵）……………………………… 66
七绝·戏赠蚊君（新韵）…………………………… 67

3

现代诗 8 首

赵州桥……………………………………………… 70

天池秋涧…………………………………………… 71

天山云杉…………………………………………… 72

好行者……………………………………………… 73

花园春……………………………………………… 74

絮…………………………………………………… 75

故乡的河…………………………………………… 76

"梨花体"…………………………………………… 78

古体诗

48 首

太行鲁班壑

（2019年5月18日）

斧落碎石迸，壑开两壁雄。

吞吐换日月，东西扼长风。

檐前杏

（2017年3月15日）

昨晚数枝蕾，今晨满树花。

春自花间发，风吹到天涯。

杏花连夜发（曲海庆摄）

访涡阳老子故里

(2018年2月18日)

知道天下先,经传数千年。

不争悟涡水,无为法楚天。

福至忧时过,祸来伺境迁。

圣庙钟鼓在,催我做名贤。

老子纪念塑像（徐元贞摄）

怜笼中画眉

（2013年7月18日）

有翅不得展，声声似含怨。

遇吾同路人，为尔不平叹。

戏禽树下

(2016年5月8日)

寻声枝叶间,荫里数鸟闲。

学啼半出口,叶落鸟冲天。

新疆禾木村

（2017年9月13日）

蓝天白云一鹰下，羊群草原牧人家。

远山秋色连峰雪，沿河开满格桑花。

西北之北白沙湖

（2017 年 9 月 14 日）

气蒸湖面露枝头，水天相望云悠悠。

丘起白沙两岸阔，日斜林叶半湖秋。

四季吟（四首）

（2017年1月25日）

即 景

细雨催新绿，微风送清香。
赶春小燕子，来回剪池塘。

新 晴

树静风初定，鸟鸣雨乍晴。
香径覆花瓣，水草藏蛙声。

古体诗 48 首

四季图（孙旭章画）

立秋听蝉

知了夏景不可长,虚张声势度秋光。

一阵西风一场雨,可怜噪虫立时亡。

北国初雪

漫漫云烟合雾气,纷纷雪花开树枝。

河流息声因冰冻,万物藏形待天机。

武侯

（2018年9月30日）

花发卧龙岗，叶落定军山。

春秋五十载，功名两千年。

收蛮渡泸水，复汉出秦川。

时运天不与，陵前蜀柏寒。

瞻邺城遗址（二首）

（2018年10月22日）

其 一

南北邺城魏王宅，文武散尽泣荒台。

今逢俄美争霸日，不见英雄拍马来。

其 二

当年欢宴铜雀台，吟诗作赋抒情怀。

如今文章无风骨，三代难觅八斗才。

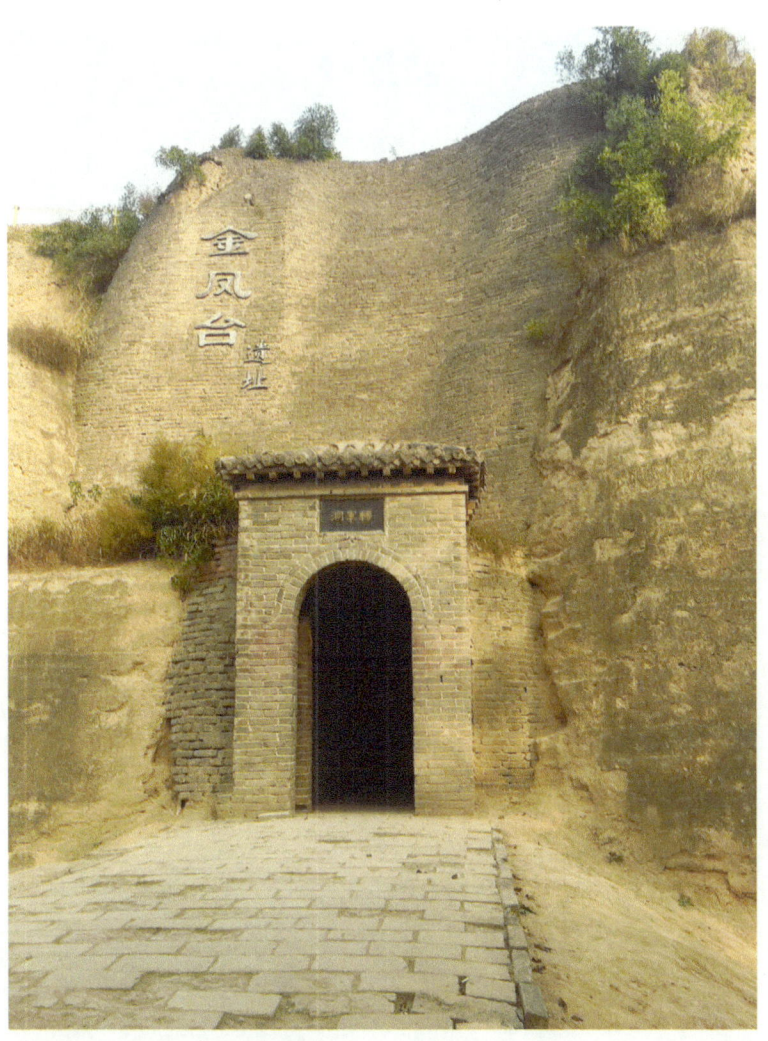

邺城遗址：金凤台（贾中河摄）

北漂吟

(2010年3月11日)

遥望南天思家山,似闻母亲夜纺棉。

窗格透明星光暗,绳轮低吟招我还。

清明

（2012年4月4日）

盈盈两眼泪，茫茫一抔土。

摇摇寸草心，寂寂万棵树。

过年

（2017年1月23日）

忆昔团圆三代亲，同放烟花起五更。

自从父母别世后，恶闻迎春爆竹声。

古体诗 48 首

过　年

谒开封包公祠（新韵）

（2018年6月11日）

包弹流誉故城，心迹刻壁东庭。

惜哉青天远去，谁继孝肃遗风？

怒发（二首）

（2016年7月12日）

其 一

巴黎和会分我土，海牙法庭裂我疆。

强盗要我流泪活，我让强盗流血亡。

其 二

百年屈辱岂能忘，割地赔款有老账。

新仇点火心肺炸，心肺早聚核能量。

读《三国演义》孔明草堂吟起兴而唱和

（2017年6月9日）

胸怀大志腹藏机，流马连弩构思奇。

舌上纵横三分定，羽扇轻摇江山移。

太行桃花谷

（2017年4月2日）

山外春蕾方登枝，谷中桃花已盛开。

不叹路险人罕到，却疑香远蜂难来。

齐街香椿（新韵）

（2017年4月3日）

紫枝红叶漫山坡，春日流香出沟壑。

皇上逢季念脆枝，百姓到时思嫩叶。

市长暑日下乡扶贫

（2018年7月20日）

市长步勤汗一身，乡亲心动泪纷纷。

汗洒田舍谷仓满，泪飞党旗镰色新。

村居

（2010年8月7日）

知了声里鹁鸪啼，午梦初觉窗影移。

因念东邻邀我意，起看西山日迟迟。

古体诗 48 首

山　村

把心举在手上

晚秋登壶关通天峡（新韵）

（2016年10月18日）

步云登九重，空谷回猿声。

白草卧冷日，老木凋秋风。

山西壶关通天峡（徐元贞摄）

霾中吟

（2016年12月20日）

雾霾压城城欲摧，家家户户掩窗扉。

日头难盼且盼雨，更盼刀耕岁月归。

带月荷锄归

大圣归山

（2018年3月5日）

西天取经历万险，猴王奋棒自当先。

收伏三神归门下，打杀群魔弃路边。

僧遇白骨中计去，圣遭紧箍忍痛还。

妖怪相庆长生肉，师徒同念花果山。

贺学长建林致仕

（2017年6月10日）

三十年来不自由，如雁随群看领头。

出列好展冲天翼，飞将名高胜封侯。

同学来聚

（2018年3月11日）

茅台一壶满庭芳，五味家珍耐品尝。

纵有别来无限事，三巡过后话沧桑。

进比干庙

(2019年11月25日)

裸心老柏傲苍穹,怀德新碑又成林。

以死报国三千岁,不忠谁敢进此门。

兰考焦裕禄

（2018 年 6 月 10 日）

奉职四百天，享誉五十年。

身带风沙去，心逐焦桐还。

焦裕禄 1963 年亲手种下的一棵泡桐，兰考人民亲切称之为"焦桐"（荣文希摄）

市长走访脱贫户

（2018 年 4 月 10 日）

栏里奶牛晨夕鸣，棚中番茄四季生。

农妇笑握市长手，愿在乡村不进城。

林州市五龙乡赏春感赋

（2018年4月1日）

十里桃花十里香，宛转溪流绕村边。

蜂蝶纷纷采春去，游人攘攘插花还。

水清草木乐环保，风淳民心洗三观。

年年我党施良策，乡乡新辟桃花源。

过山西皇城相府(新韵)

(2017年7月9日)

名与康熙盛,城依山河雄。

清风过府第,书香出门庭。

归乡只因孝,还都全为忠。

吾生未拜相,相心古今通。

风筝

（2018年3月24日）

珍禽异兽假品貌，依线乘风上九霄。

一个跟头栽到底，方知德薄位职高。

古体诗 48 首

飞得高跌得重二零一九年三月旭章画。

飞得高跌得重

晨游（新韵）

（2019年5月23日）

远眺红霞日，近聆鸣树禽。

草映一身绿，心怀四时春。

洹上六国会盟处怀古（二首）

（2019年6月2日）

其 一

洹水脉脉似含情，岸柳依依条叶新。

台空千载有所待，重佩相印是何人？

其 二

辞别鬼谷取功名，游说总被君王轻。

归家补习阴符后，纵横天下不用兵。

美洲尼亚加拉大瀑布

（2011年8月25日）

洪流直泻雷声起，水溅十里沾人衣。

云腾雾起天地合，一气能吞十万师。

早起安阳

（2018年7月10日）

雀吵莺啼五更天，烟笼雾罩古都眠。

心忧中美通商事，雨里徘徊钟楼前。

秦皇岛看日出（新韵）

（2019年8月31日）

水天含日红，沙鸥一翅轻。

回首望彩云，朵朵开碧空。

凭吊鸭绿江断桥

（2019年9月2日）

炸断桥梁挺脊梁，埋骨他乡当故乡。

江流不竭英雄血，谁犯汉界谁灭亡。

国庆阅兵喜见"东风41"

（2019年10月1日）

横扫全球挟雷风，西洋海盗断惊魂。

苍天再敢出毒日，送上蘑菇一片云。

洪洞大槐树

（2019年10月5日）

沃土老根气犹存，接代高槐枝叶新。

树下何必问宗姓，本归炎黄一脉亲。

丰收柿子（新韵）

（2019 年 10 月 13 日）

柿红叶红树树红，甜气下山凭秋风。

妇姑十棵未摘尽，千箩万筐叠九层。

古体诗48首

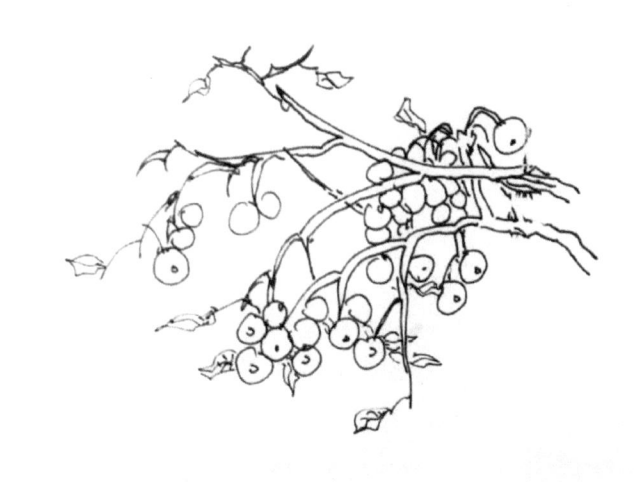

柿子丰收(孙旭章画)

49

游菊园

（2019年11月6日）

清白金黄两分明，采菊赏花逸兴同。

东篱陶家轻五斗，思鲈游子归秋风。

古体诗 48 首

菊园（孙旭章画）

乐天伦

（2019年9月23日）

退休老翁佝偻身，驱蚊护童扇生风。

不觉木叶悄然下，牵孙笑看夕阳红。

古体诗 48 首

夕阳如画

53

杂言诗

3首

题圆明园遗址

(2017年4月23日)

园迹残垣破壁,

遗址遗仇遗痛。

岁岁草复生,

不见乾隆盛景。

鸦片,鸦片,

要地要银要命。

杂言诗 3 首

圆明园遗址（徐元良摄）

题赠解放军

（2017年3月25日）

巍巍长城，

赫赫武功。

核弹扬威借东风，

鬼哭神惊！

谁烧圆明？

谁屠南京？

斑斑伤痕血泪账，

笔笔要清！

中国女排里约奥运会夺冠

（2016年8月23日）

排球布阵，

女将英勇。

扑救猛虎下山，

扣杀矫龙腾空。

拦网巨臂如长城，

谁与争锋？

场内挥汗如雨，

场外热血沸腾。

韬光养晦几多秋，

人家骄气日盛。

看手起球落正惊骇，

中国大获全胜！

格律诗

6首

五律·上景阳冈（新韵）

（2017年3月17日）

高冈草乱生，循迹访英雄。

出手虎魄散，拔刀人性惊。

修行扶正义，造反傲朝庭。

无虎山中静，没贪天下平。

七绝·紫禁城

（2018年10月27日）

水围城护九重门，殿阁峥嵘日月沉。

徒有称雄天下志，全无造福庶民心。

日夜紫禁城（贾中河摄）

七绝·瓦岗寨旧址

（2017 年 7 月 15 日）

寨去岗空筛无影,义兵曾聚万师雄。

当年造反若有我,立传树碑封国公。

七绝·漫步城中草场（新韵）

（2016年6月8日）

四面高楼列屏障，一汪草地泛青光。

人集鸟散喧嚣罢，返朴情生望故乡。

七绝·屠呦呦（新韵）

（2016年11月18日）

埋头斗室数十年，入腑青蒿内外酸。

不是西洋传喜报，哪知泰斗属红颜。

七绝·戏赠蚊君（新韵）

（2016 年 9 月 15 日）

秋风秋雨大扫荡，攘攘害虫全溃伤。

只有蚊君犹作孽，明枪暗箭不得防。

现代诗

8首

赵州桥

（2016 年 12 月 7 日）

拱形弧影，
像跨越时空的一道长虹。
身娇水清，
像天地张开的一大眼孔。

这是一座空间上的桥——
车行南北，
船走西东。

这是一座时间上的桥——
走进隋朝，
看过往风景。

天池秋涧

（2017年9月8日）

峰头云拂雪，池里水同天。

河石长青苔，激流飞白练。

秋风吹行舟，送我巡河山。

天山云杉

（2017年9月9日）

秀木良材，识之非难。

身高干直，指日擎天。

不避险远，耐寒耐旱。

冲风冒雪，皮裂质坚。

不为世用，出路惟艰。

望之不去，是以咏叹。

好行者

（2018年3月18日）

取经路上险象多，山有妖怪水有魔。

两只大耳常逃阵，一双火眼每识邪。

蜈蚣现形盘丝岭，鼍龙伏罪黑水河。

如来论功升职处，八十一难从头说。

花园春

（2016年4月11日）

桃粉李白柳黄，

气清味嫩流芳。

小蛾初飞，

燕子点水，

细草轻染漫池塘。

春光，春光，

蜂舞花间，

鸟鸣树上。

絮

（2018 年 5 月 13 日）

不觉飘然来，不知轻盈去。

进则飞如雪，隐则游如丝。

以柔克万物，凭量充天地。

作怪常乘风，灭之一场雨。

故乡的河

（2018年10月5日）

故乡的河不流水，
故乡的河在流泪。

泉眼干枯二十年，
地下千尺落水位。

雨来河道不积水，
风过两岸无芦苇。

石桥常梦锦鳞游,

渔翁犹记白鹭飞。

何日乡人重环保,

还我青草与绿水。

"梨花体"

（2017年1月15日）

什么古体近体现代体，

什么民歌时调打油诗，

都不如我无规无矩的梨花体：

"我终于在一棵树下发现"

——这是标题

"一只蚂蚁，

另一只蚂蚁，

一群蚂蚁

可能还有更多的蚂蚁"

——这就是一首彻头彻尾的梨花诗。

还有二句式《小令》：

"每次醒来

你都不在"

——这也叫诗?

——这也成体?

教主啊,

你恶搞了诗歌!

你糟蹋了诗歌的体!